Marcel Coquerelle

Texte de Richard Tulloch

Illustrations de Stephen Axelsen

Texte français de Louise Binette

Éditions
SCHOLASTIC

Copyright © Richard Tulloch, 1999,
pour le texte.

Copyright © Stephen Axelsen, 1999,
pour les illustrations.

Conception graphique de la couverture :
Lyn Mitchell.

Copyright © Éditions Scholastic, 2004,
pour le texte français. Tous droits réservés.

Texte original publié par Omnibus Books, de
SCHOLASTIC GROUP, Sydney, Australie.

Catalogage avant publication de la
Bibliothèque nationale du Canada

Tulloch, Richard
  Marcel Coquerelle / Richard Tulloch;
  illustrations de Stephen Axelsen;
  texte français de Louise Binette.

Traduction de : Cocky Colin.
Pour enfants de 7 à 9 ans.
ISBN 0-439-96191-2

I. Axelsen, Stephen II. Binette, Louise III. Titre.

PZ23.T84Ma 2004   j823'.914   C2004-902405-1

Édition publiée par les Éditions Scholastic, 604, rue King Ouest,
Toronto (Ontario) M5V 1E1 CANADA.

6 5 4 3 2   Imprimé au Canada   06 07 08 09

Pour Finan Kocadag,
qui a eu l'idée du lutteur de sumo — R.T.

Pour Kim,
qui y est presque arrivée — S.A.

Chapitre 1

Marcel Coquerelle est la plus brave, la plus hardie et la plus effrontée des coquerelles.

Marcel peut danser, sauter et courir plus vite que n'importe quelle coquerelle au monde.

Marcel habite un endroit sombre appelé l'Arrière-du-frigo. Il y vit avec sa mère, son père, ses dix-neuf frères, vingt sœurs et quatre-vingt-un cousins.

Mais Marcel n'aime pas vivre dans l'obscurité.

— Je veux danser dans la lumière, dit Marcel. Je veux aller là où il se passe quelque chose!

Un jour, les vingt-sept frères,
trente-deux sœurs et cent huit
cousins de Marcel se régalent
d'un os de poulet tombé à l'Arrière-
du-frigo.

Mais il n'y a pas de quoi nourrir tout le monde.

— J'ai faim, dit Marcel. Je vais là où il se passe quelque chose!
Il sort en gambadant dans la lumière.

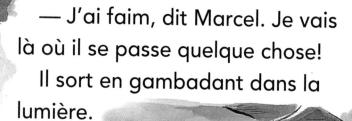

— Reviens, Marcel! crie sa mère.
— C'est dangereux, Marcel! crie son père.

Mais Marcel grimpe sur le comptoir de cuisine inondé de soleil. Il aperçoit une tarte aux fraises nappée de crème fouettée.

— Miam! dit Marcel.
Et il commence à manger.

— Pouah! une coquerelle! hurle
une fille.

Elle tente d'écraser Marcel avec
une cuillère.

Splash! La crème lui éclabousse
le visage. Une fraise lui colle au
bout du nez.

Marcel bondit à gauche, sautille à droite et court vers l'Arrière-du-frigo, léchant la crème collée à ses pattes poilues.

Chapitre 2

Ce soir-là, les quarante-deux
frères, quarante-sept sœurs et
cent trente-neuf cousins de Marcel
lèchent une traînée de confiture
qui dégouline à un endroit qu'ils
appellent Soulévier.

Mais il n'y a pas de quoi nourrir
tout le monde.

— J'ai encore faim, dit Marcel.
Je vais là où il se passe quelque
chose!

Et il sort en gambadant dans
la lumière.

— Reviens, Marcel! crie sa mère.

— C'est dangereux, Marcel! crie
son père.

Mais Marcel monte sur la table de la cuisine.

Il aperçoit un bol de potage à la citrouille et au persil.

— Miam! dit Marcel.
Et il commence à manger.

— Une coquerelle! hurle une femme.
Elle tente de frapper Marcel avec
sa serviette de table.

Splash! Le potage lui éclabousse
le visage. Des brins de persil restent
accrochés à ses cheveux.

Marcel bondit à gauche, sautille à droite et court vers l'Arrière-du-frigo, léchant le potage collé à ses pattes poilues.

Chapitre 3

Le lendemain matin, un homme
en uniforme vert vaporise un gaz
toxique, et installe des pièges
collants et des tapis puants près
de l'Arrière-du-frigo.

Ce soir-là, Marcel annonce à sa mère, ses sept frères, huit sœurs et dix-neuf cousins :

— Je vais là où il se passe *vraiment* quelque chose : dehors!

— Reviens, Marcel! crie sa mère. C'est dangereux!

Mais Marcel est déjà dans la rue.

Chapitre 4

La rue est sombre, mais il y a un cercle de lumière sous un lampadaire. Et là, au milieu de la chaussée, Marcel aperçoit un sac de frites bien grasses.

— Miam! dit Marcel.

Il gambade dans la rue et
commence à manger.

Vrrrrroum! VrrrrrrrrrROUM!

Un gros camion tourne au coin de la rue. Il se dirige tout droit vers Marcel.

Il passe en plein sur le sac de frites. *Splat! Sploutch!*

Marcel bondit à gauche, sautille à droite et court vers le trottoir, léchant le gras collé à ses pattes poilues.

Mais un coup de vent le projette comme une feuille de l'autre côté de la rue et *plop!* dans une bouche d'égout.

— Au secours! crie Marcel.
Mais personne ne l'entend.

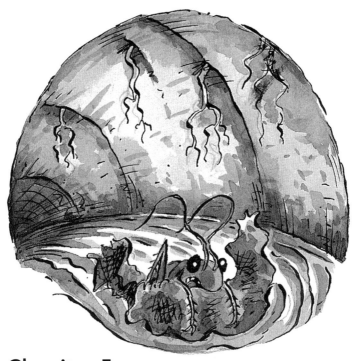

Chapitre 5

Marcel s'accroche à l'emballage d'un bonbon. L'eau boueuse l'entraîne dans l'égout crasseux.

Enfin, il trouve une paille en plastique et y grimpe. Il se hisse dans la rue par un trou.

Marcel aperçoit une lumière vive venant d'une large porte. Des gens s'engouffrent à l'intérieur.

— Il se passe sûrement quelque chose là-dedans! dit-il, avant d'entrer à son tour.

Marcel se trouve dans une immense salle.

Des milliers de personnes y sont assises. Elles regardent une estrade vivement éclairée, au milieu de la salle.

— Ce doit être là qu'il va se passer quelque chose! dit Marcel.

Il s'avance jusqu'au milieu de l'estrade, sous les projecteurs. Tout le monde applaudit.

Croyant que c'est lui qu'on acclame, Marcel Coquerelle exécute une petite danse et salue.

Mais ce n'est pas du tout Marcel que la foule applaudit.

Chapitre 6

Les spectateurs acclament des lutteurs de sumo!

Deux énormes lutteurs de sumo grimpent sur l'estrade illuminée. Leurs jambes ballottent. Leurs bras ballottent. Leur ventre ballotte.

Mais rien ne ballotte autant que leur énorme derrière ballottant!

Les lutteurs de sumo commencent alors à se battre.

Ils poussent et tirent.

Ils se tortillent et tournent.

Ils grognent, gémissent, s'étirent
et forcent.

Leurs pieds s'abattent à la gauche de Marcel, qui bondit à droite.

Leurs pieds s'abattent à la droite de Marcel, qui sautille à gauche.

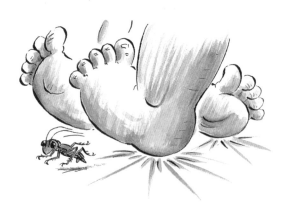

Soudain, l'un des lutteurs de
sumo soulève l'autre dans les airs.
La foule applaudit.

Marcel lève les yeux.

Un derrière ballottant se trouve juste au-dessus de lui.

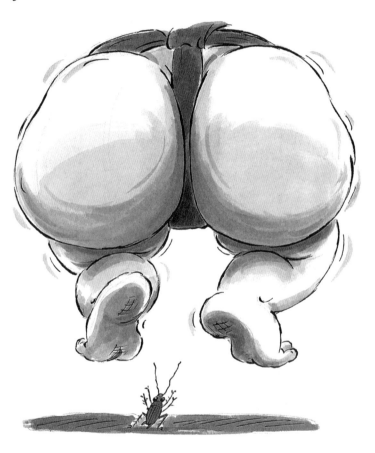

Marcel bondit et sautille, sautille
et bondit. Il tourne en rond
jusqu'au moment où...

Chapitre 7

Marcel ouvre un œil. Il a mal
partout. Il a perdu l'une de ses
pattes de droite.

Un balai le pousse dans une
pelle à poussière.

Puis il glisse dans une poubelle.

La poubelle est vidée dans un camion.

Le camion roule avec un bruit de
ferraille jusqu'au Dépôt-Toir.

Chapitre 8

Marcel Coquerelle habite
maintenant le Dépôt-Toir.

Il a une épouse, deux cent
sept enfants, neuf cent quatre-
vingt-quatorze petits-enfants et
quatre-vingt-sept mille deux cent
cinquante-six arrière-petits-enfants.

Tous les jours, le soleil brille et des camions apportent tour à tour de délicieuses provisions au Dépôt-Toir.

Il y a de quoi nourrir tout le monde.

Au coucher du soleil, Marcel exécute une drôle de danse sur ses cinq pattes.

Il fait à sa famille le récit de ses aventures.

— J'ai vu les lumières de la grande ville, dit-il avec fierté. Je suis la plus brave, la plus hardie et la plus effrontée des coquerelles!

Et la plus chanceuse aussi.

Richard Tulloch

J'ai écrit des centaines d'histoires qui sont devenues des livres, des pièces de théâtre ou des émissions de télé, mais il m'arrive souvent d'être en panne d'idées. Un jour, j'étais assis dans la cuisine et j'essayais d'imaginer une histoire. Au milieu de la pièce s'est avancée une grosse coquerelle, courageuse, certes, mais aussi très imprudente. C'est grâce à elle que j'ai eu l'idée d'écrire cette histoire et je l'ai donc laissée partir. Merci, coquerelle!

Plus tard, quand j'ai expliqué mon idée à des élèves, lors d'un atelier d'écriture, un garçon prénommé Finan a suggéré la façon dont la coquerelle pourrait être écrasée. Merci à toi aussi, Finan!

Stephen Axelsen

Ma famille et moi habitons une région chaude et humide, où il y a beaucoup de coquerelles.

Avant de faire les illustrations pour *Marcel Coquerelle*, je détestais ces bestioles. Je les écrasais, je leur marchais dessus, je les capturais à l'aide de pièges collants et je leur servais des appâts empoisonnés. Maintenant, je suis beaucoup plus gentil avec elles. Je joue avec elles, je leur prépare de la soupe et je les emmène en promenade.

J'étais vraiment méchant avant que Marcel me montre à quel point les coquerelles sont d'aimables petites créatures. Merci, Marcel!